– Pour Ayman et son papa Morade.
M.

– Bienvenue à Siloë.
L. R.

© Flammarion, 2013
Éditions Flammarion – 87, quai Panhard-et-Levassor – 75647 Paris Cedex 13
www.editions.flammarion.com
ISBN : 978-2-0812-8537-8 – N° d'édition : L.01EJDN000890.N001
Dépôt légal : avril 2013
Imprimé en Espagne par Edelvives – 03/2013
Loi n° 49-956 du 16 juillet 1949 sur les publications destinées à la jeunesse
TM Bali est une marque déposée de Flammarion

Magdalena — Laurent Richard

a perdu son doudou

Père Castor • Flammarion

Au réveil de la sieste, Bali arrive en pleurant.
– Papa, Papa, je ne trouve plus mon doudou,
il est perdu !
– Ne t'inquiète pas, le rassure Papa, ton doudou
doit être quelque part dans la maison.

Bali est un peu inquiet.
– C'est comme une chasse au trésor, dit Papa.
Tu dois chercher ton doudou partout.
– Mon doudou, c'est mon trésor alors, dit Bali.

Et il part à la chasse au doudou.

– Voyons dans le salon,
dit Bali en fouillant.

Il cherche sous le canapé
et se relève tout content.
– Ici, il n'y a pas de doudou,
mais j'ai retrouvé
mon camion de pompiers !

– Voyons dans la salle de bains,
dit Bali en fouillant.

Il vide le panier à linge et trouve un jouet.
– Oh ! mon beau chevalier,
mais pas encore de doudou ici.

– Voyons dans la chambre de Léa,
dit Bali en fouillant.

Il soulève la couette et trouve ses dinosaures.
– Oh ! ma famille dino,
mais toujours pas de doudou.

Bali revient dans le salon.
Il étale son butin sur la table basse.
– Papa, regarde tout ce que j'ai retrouvé. J'ai fouillé partout mais il n'y avait pas mon doudou, dit-il un peu triste.

Le bip-bip de la machine à laver se fait entendre.
Bali suit Papa dans la buanderie.
Papa dit :
– J'étends le linge, et après on cherchera
tous les deux ton doudou.
– D'accord, dit Bali, mais je t'aide
pour que ça aille plus vite.

Bali est surtout pressé de repartir
à la chasse au doudou.
Il prend un tee-shirt propre
et le tend à Papa.
Soudain, il s'écrie :
– Oh ! voilà mon doudou, je l'ai retrouvé.

Bali boude.
– Papa, mon doudou est tout mouillé et il ne sent plus le doudou.
– Oui, mais il est tout propre et surtout, il n'est plus perdu ! dit Papa.

Bali réfléchit.
– Je crois que Maman a pris mon doudou pour le laver !
– Tu as raison, dit Papa. Regarde, elle a aussi pris mon pyjama préféré.

Bali rit :
– Oh, la coquine !